현대시세계 시인선 084

봄날의 서재

전윤호
시집

봄날의 서재

전윤호
시집

bookin
2017

自序

당신은 믿지 않지만
축복처럼 우울이 쏟아졌다
가진 건 다 떠내려갔어도
행복해지지 않을 권리는 남았다
아무렇지 않게
슬픔을 타고 날아
이 땅의 마지막을 노래해야지
빗속에 고립된 하얀 새가
조약돌 몇 개 삼킨다

2017년 12월

|차|례|

제2부 재인폭포

제3부 지상의 방 한 칸

제4부 방랑시인

1부
즐거운 실수

불온한 감자

감자는 흙투성이로 굴러다니다
순순하게 토막난다
어떤 음식에도 본분을 다하고
검은 봉지 속에서 잊혀지기도 하지만
잠깐의 어둠에도 싹을 틔운다

나만 아는 시인

그는 시를 쓰지만
보여주지 않는다
나도 몰래 읽는다
시인들이 사랑을 말할 때
다리 밑을 흐르는 개천에 대해 쓴다
시인들이 정의를 외치면
자신의 비겁함을 탓할 뿐이다
존경받지 못하는 가장이고
대접받지 못하는 국민인 그가
시를 쓴다 생각하는 사람은 없다
그를 무시하는 사람들은 자신이
위대한 시인이라 여기기 때문이다

고개 숙인 남자

처음엔 송곳이었다
점점 단검이 되었다
그만큼 적도 커졌다

요즘엔 장검이다
손잡이에 고리가 있고
휘두르면 용이 우는 환두대도

함부로 말하는 당신은 모른다
눈매 순한 자가
더 큰 칼을 품는 법

지금 고개 숙이는 건
가장 빠른 발검을 위한
일격필사의 기수식이다

대추나무

제자리 아닌 곳에
잘못 일어나 구박받고
삐뚤게 자랐다
한쪽으로만 자란 가지가
제 속을 긁던 어느 날
천둥 울리고
번개 치더니
두 조각이 났다
그제야 속의 불이 꺼졌다
재만 남은 사람들은
영험하다고 부적을 만들어
목에 걸고 다닌다
저 크게 못 생긴 나무
귀물이 되었다

봄날의 서재

아침 한기 목덜미 툭툭 친다
아직 땅속이다
읽다 놓친 시집들이 널려 있는 방
겨울은 피곤했다
뉴스에는 새들과 사람들이
죄 없이 파묻히고
자기 잘못이 아니라는 높은 자들이 잡혀갔다
불을 켜면 아침일까
밖으로 나가면 봄일까
찬물로 세수하고 식은밥을 먹는다
오늘은 밖으로 머리 내밀고
햇볕이 황사와 싸우는 대목을 읽어야겠다
쿵쿵 승강기 올라가는 소리 들린다
비로소 환한 봄이다

붉은 볼

동백은 배우지도 못했는데 이별부터 당한
첫사랑인 양 붉은 볼을 보여준다
바다가 보이는 벼랑에서
왜 다들 떠나간 겨울에 피는지
주지도 없이 방치된 암자에서
부처는 자물쇠로 잠겨 있고
무너진 석등 위로 바다가 넘실대는데
입맞춤 한번 하기도 전에
왜 무참히 떨어져버리는지
겨울 여객선 떠나는 항구에
어혈처럼 스미는 동백
변명하듯 뱃고동이 울리고
가라 어여 가라 등을 떠미는 파도
동백은 이전에도 있었고 이후에도 있으니
어느 겨울 또 다른 내가 찾아오면
첫사랑인 양 붉은 볼을 보여주리라

채무자

오늘도 하루 빚졌다
글 한 줄 못 건진 적자
낡은 환풍기처럼 숨쉬고
수채구멍에 소주 붓는다
왜 그렇게 살아
네가 떠나고
그저 붕대만 남은 미라
도대체 어느 은하를 지나는 중인지
노 젓는 소리만 번진다
나는 신용불량자
매일을 대출받지만
아직 이자도 못 물었다

빨래건조대

글 쓰는 책상 앞에
빨래건조대가 있다
속이 빈 금속 막대와
플라스틱으로 만든
내 서재의 수문장
어울리지 않는 자리라지만
두 팔 펼친 저 자세는
볕 좋은 봄 어느 날
내가 바싹 마르면
태우고 날아갈 것 같다
이 비좁은 세상 내려다보며
새로운 하늘로 데려갈 것 같다

길치

내게 길을 묻는 사람들은 모른다
나도 어떻게 여기까지 왔는지 모른다는 걸
눈썰미 좋은 이들이 한번에 찾아가는 길도
보이는 모든 통로를 다 지나가본 뒤에야
한 길을 선택하는 길치라는 걸
막힌 골목에서 머리 한번 긁고 돌아설 때
내게 화내지 않는 덕으로
지금까지 버텼다
어디로 가는지
언제 도착하는지도 모르지만
아직 걷고 있는 중이다
내가 아는 건
멈추지 않는다는 것
이 길도 끝이 있다는 것
오늘은 걷기에 날씨가 좋구나

럭셔리 모텔

문 닫기 전에 다시 한번 봤지
하룻밤 머문 방
촌스러운 벽지와 열 수 없는 창
잠들기 전의 내가
깨어난 나와 같은 물건일까
침대 한 구석에
다른 내가 쓰러져 뒹굴고 있을 듯
잘 있으렴 어제여
우리는 이별하며 죽고
다음날이면 다시 태어나지
새로운 아침 새로운 도시에서
럭셔리하게
또 하루 사네

동갑

서로 혼자라
술집서 인사한 사이
검은 테 안경에 하얀 얼굴이
용접공이라네

고온의 불꽃에 함부로 눈 뜬 죄
우린 죄목도 같군

모든 노래를 비틀어
뽕짝으로 바꾸는
저 간지러운 가수의 노래에 건배

동갑이 좋은 건
기막힌 세월 어디부터 미아였는지
따져보는 재미가 있다는 것

내 더 취하면
속 깊은 곳에서 끌어올리는 말들도
기억 속에 단단히 용접해주길
건배

낙인

누에를 키우는 집 아이들은
학교에서 돌아오면 바구니 들고
뽕잎을 따러 갔다

강둑에 서 있는 뽕나무들은
해 지면 떠날 장꾼 같아서
얼른 얼른 잎을 따야 했다

더워지면 오디가 열렸다
붉으면 시고
검으면 단 열매

소나기 소리를 내는 누에들이
집에서 기다리고 있었지만
냇가에 수다를 풀던 계집아이들은
돌아갈 생각이 없었다

해가 져야 아이들은
뽕잎을 가지고 돌아갔다
손가락과 입술에 검붉은

낙인이 찍혀 있었다

그 표시는 지워지지 않아
명주실처럼 긴 시간이 흐른 뒤에도
바로 알아보았다
반짝이던 강물과 뽕나무밭

이제는 누에를 키우지 않고
뽕나무들도 떠났지만
혀에는 아직 오디 맛이 감돌아
그 입술에 입 맞추고 싶었다

막강한

작은 화분 두 개 안고
보름달처럼 웃으며
중년 부부 지나간다

가뭄이 계속되는 마을
무슨 꽃이 기다리기에
저리도 즐거운지

작은 화분 두 개 안고
저토록 환하게 진격하는
막강한 화력은 무엇인가

오십

대문을 닫아걸고
봉화를 올려도
성 안의 주민들은 안다
이미 포위 당하고
구원은 오지 않는다는 걸
수비는 공격보다 약하고
시간은 적의 깃발 위에 앉아 있다
흔들리는 벽이 버티는 동안
가족을 피난시키려면
내가 마지막까지 싸워야 한다
훗날 잿더미 위에 기념비가 서고
아이들이 뛰노는 날이 온다 해도
난 한 글자도 남지 않을 것이다

입원실

왜 벌써 왔냐
아버지가 손을 잡고 물었다
재미없더라고요
식구들은 어떡하고
지들끼리 알아서 해요
전 같으면 회초리감인데
소처럼 혀만 찬다
엄마는요
아직 못 봤다
아버지도 그렇네요
해 떨어지고
달 올라온다
하룻밤만 자고
다시 내려가거라
싫다고 떼부리다
보름 때웠다
기대하지 마라
여기도 별루다

즐거운 실수

목욕하려고
거품 비누 풀었는데
욕조 마개 막는 걸 깜빡했다

배수구 안에서는
비눗방울에 미끄럼을 즐기고
하수도는 물때를 벗겼겠지

어차피 이 세상도 한 거품
방울 하나에 한 우주일 뿐
때가 되면 반짝반짝 날아가겠지

지구공동설

땅 밑에 세상이 하나 더 있다지
태양도 바다도 있고
지상에는 사라진 동물과 식물들이
번성하고 있다지
똑똑한 거인들이 사는 그곳에선
지상의 꼬마들이 한심해 보여
상종을 안 한다네
가끔 폐기물을 화산으로 버릴 뿐
지하로 뚫린 비상구가 있으면 좋겠네
하늘만 얘기하던 종교인도 모르는 세상
가장 외로운 시간
내 몸 깊은 곳에서 기침이 올라오면
딱한 듯 혀 차는 소리가 들리기도 한다네

패랭이꽃

설마 돌아오기야 하겠나
모자 단단히 고쳐 쓰고
벼랑 넘어간 꽃들

땡볕에 길들여진 여름
아무리 온순한 백성도
때론 괭이 들고 떠나는 법

설마 사라지기야 하겠나
낯선 가을 장터에 보따리 풀면
어느 새 골목에 숨어 바라보는 파르티잔

인사도 없이 밤이 오고
새벽이면 짐 부리는 인생
아무도 소식을 모른다 해도
설마 잊기야 하겠나

참나무

나는 없다
참말로 나는 없다
내가 없어
뿌리 내리고
가지 뻗는다
이 이치를 모르는가
숲은 나를 버리고
도토리를 맺는다
사방 백 리 생명들이
그 덕에 살아
한겨울에 맞선다
나는 나무
내가 없어
세상이 번성한다

2부

재인폭포

절터

고려 때 절이었다는데
탑신이 사라진 삼층석탑에
삼존불 하나는 머리가 없었다
그 옆엔 축사와
주춧돌을 캐낸 묵정밭
이 좁은 땅에 수천 년 동안
많은 절을 짓고 불태웠으니
어렵게 찾지 않아도
내가 먹고 자는 이 땅도
절이었을 터
누가 부처를 말하고
누가 불법을 행하는가

구게 왕국

산 전체가 수도였다네
위는 왕의 궁전
가운데는 귀족들
바닥에는 노예들이 살았지
외적이 쳐들어오면
성문을 걸고 버텼는데
난공불락이었다네
그런데 라다크의 침략자들은
성벽의 보호를 받지 못하는 노예와 백성들을
매일 문 아래에서 죽였지
왕은 더 견디지 못하고 항복했지
팔백 년 지탱한 왕국이
지금은 폐허만 남은
고원의 산 하나
묘하게 낯익다네

늑도

북쪽에서 내려왔지
만주에서 두만강을 건너
동해안으로 길을 잡았다지
삼천포 바닷가에 머무른 건
어느 신의 계시였을까
사내들이 배를 타고
물고기 잡으러 가면
여자들은 농사를 짓고
아이들은 조개를 잡았다네
남쪽에서 가장 오래된
철도끼를 쓴 사람들
먼 길 떠나와
여기서 행복했기를
아이의 시신이 담긴 항아리를 보다가
문득 늑골이 시리네

*늑도 : 선사 유적이 발견된 삼천포의 섬.

당항성

여기였을 테지
원효는 깨달아 돌아가고
의상은 배를 탄 항구

고작 해 뜨는 구경하러
여기까지 흘러온 내게
바다는 무슨 말을 해줄까

석양에 소주 마시다
해돋이 놓치는 날들
돌아가라 돌아가라

머리 없는 돌부처가
수평선 바라보는 절터에는
대답하듯 하얀 치자꽃 피고

문득 깨면 오래된 무덤
또 벼랑 앞에 선 꿈을 꾸고
자꾸 목이 마르다

행진

우리는 모두 강의 자식들
여울 한 자락씩 품고 태어났지
한밤에 귀 기울이면
안에서 물 흐르는 소리가 나
가뭄이 긴 세상에서
여윈 네가 울고 있을 때
설움은 심장에서 샘을 파고
방울방울 솟아나 흐름을 만들지
멈추지 않는 우리는 강의 자식들
광장에 넘치면 홍수가 되고
검은 도시를 청소해 바다로 가지
이젠 말라버린 것 같다고
울고 있는 사람이여
우리는 시퍼런 여울 한 조각씩 숨긴
강의 자식들
노을이 지면 벼랑을 넘어
다시 행진하네

안산

세월호가 침몰한 단원구는
그래도 1번을 국회의원으로 뽑았다
탄핵 당할 대통령과 함께 활짝 웃는 거대한 사진이
선거사무실 건물에 걸려 있었다

100만 명을 먹여 살린다던 공단은
오늘도 외국인 노동자들이 출근하고
세월호 때문에 장사가 안 된다고
충청도에서 왔다는 횟집 주인은 손을 저었다

화랑저수지를 따라 벚꽃이 피고
건강을 위해 주민들은 산책로를 부지런히 걷는다
주차장에 들어선 분향소가 불편하다고
현수막을 두 번이나 찢은 사내가 잡혀가고
오래된 주택단지들이 대책도 없이 한꺼번에 철거됐다

봄인데 저녁은 쌀쌀하고
음산한 바람이 분다고
택시 기사는 말세라 했다
근데 안산은 어딘가요?

사람들이 편안한 그곳은 어떻게 가나요?

택시는 사거리에서 붉은 등에 걸리고
가을도 아니고 겨울도 아닌
해가 지고 있었다
공원 내 납골당 결사반대
아파트에는 새 현수막이 걸려 있었다

무덤쟁이 마을

파라오의 무덤을 만드는 사람들의 마을이 있다

바람벽에 연장 걸어놓고
밀을 구워 먹던 화덕
모래 속에 잠겨 있다

남의 무덤을 지으면서
버스를 타고 지하철을 타고
종종걸음 치는 사람들

등에는 채찍 자국이 패여 있고
공사 기한은 언제나 촉박한데
황사가 심하니 마스크를 하란다

때론 중간에 멈춘 공사 현장과
주민들이 사라진 마을
순순히 일만 하는 노예는 없었기를

자고 나면 더 높은 빌딩이 올라오는 도시가 있다

왕비

한때 백설공주였으나
쫓겨난 계모가 되는 것
평생을 바쳐 이룩한 마법은
실패한 독사과 정도
남편도 자식도 없이
불손한 거울만 측근인 팔자
혼자 밥 먹고 혼자 춤추다
예정된 감옥의 한기
한번에 늙은
왕처럼 가장 큰 슬픔

보원사지

백제 절이
당간지주 뒤로
석등과 탑만 남았다
넓은 공터엔 비가 내렸다
산 하나 팔짱 끼고
어서 가라는 듯 손을 저었다
외줄기 길이 뻗은 골짜기
사람이 보이지 않아
아름다웠다

조진을 평전

진골도 성골도 아닌데
평전은 개뿔
팔십을 산다 해도
기록 한 줄 못 찾을 터
대충 편한 대로 살다 가면 그만인데
시만 썼다 하면
저보다 높은 놈들에게
바락바락 대든 건
필시 고분고분하지 않은
천민 유전자 때문일 듯

너를 개돼지라 부르마

빈대

대학 동기 상빈이는
별명이 빈대였지만
얼굴은 희고 입술이 붉어
여자로 보이기도 했지

군인들이 대통령 하던 난세
진짜 사내로 만든답시고
담배 가르치고 술 먹이고
침 뱉으며 욕도 하게 했지

유인물이 벚꽃처럼 날리던 봄날
교수는 복도에 앉은 사복경찰이 두렵고
시험 거부 외치던 우리는
옆에서 박수 치던 동기도 믿지 못했네

친구 엄마 조문하러 모였을 때
수상한 사업가가 된 왕년의 투사들이
그래도 박근혜가 낫지 하며
귓속말로 선거운동하더군

미안하다 친구야
사실은 우리가 빈대였구나
길길이 뛰며 잘난 척해도
세상에 피나 빠는 해충들이었구나

세상에 창궐하는 저 흡혈충들
문득 등이 가렵거든
주소록을 지워버리렴
빈대는 배워도 빈대란다

호로고루

이 절벽에 성을 쌓고
천 리 강물 내려다보면
네가 보일까
나라 잃은 설움 안고
황포 배들이 머문 포구
당에서 말갈에서
기병들이 몰려오는데
깃발을 올리고 북을 치면
네가 들을까
머물 곳 없는 슬픔이 현무암을 쌓고
스스로 문을 닫으니
백만 대군이 와도 열 수 없으리
임진강이 마르고
좌상바위가 평지가 된다 해도
내 마음은 무너지지 않으니
그대여 어서 돌아와
회군의 나팔을 불어주게
호로고루 호로고루
연천벌을 지나서 고구려까지
푸른 바람이 부는구나

숭의전

왕들은 죽어서 어디로 가나
고려에서 조선을 지나
아직도 입시 중인 신하들

나라는 사라져 어디에 있나
개성은 길이 막히고
잠두봉 아래 임진강만 흐르는데

대문 앞 오백 살 먹은 느티나무
아직도 희망이 남아
솔부엉이 부부 새끼 둘 품었다

부엉부엉 연천 하늘을 날아
철조망을 넘고 시간을 건너
비단 배 넘치는 벽란도로 가려나

왕들은 죽어서 어디로 가나

불이문

여기 오는데
평생 걸렸다

오르막에 지친 무릎
수고 많았다

돌아보면 모든 말들이
다 헛소리였다

비를 기다리던 저녁이
붉은 휘장 치는 시간

그리운 사람도 없으니
떠나기 적당하구나

당신의 부도

아버지와 싸운 다음날
내 손 끌고 올라가던
엄마의 십 리 산길

부처는 도솔천 돌아가시고
풍경이 달렸던 추녀 끝
뒤늦게 꽃 피는 돌배나무

내 안에 달 떠야
길이 보이는 그 절에
부도 하나 세우고 싶다

비진암

섬에 자리 잡은 암자는
동백숲이 주지다
바다를 향해 열린 법당은
누군가 절을 하지 않아도
종일 붉은 독경이다
파도가 높고
안개가 짙은 날
묵은 석등에 불이 켜지고
어부들은 듣는다
뎅 뎅 삼천 근 종소리를

서산마애삼존불

손님 모시고 보러갔다
가뭄에 마른 저수지 따라
가는 길은 일차선이었다
양보하지 않으면 등 뒤로
번뇌처럼 차들이 매달렸다
왜 힘들게 부처를 보러갈까
숨을 헐떡이며 계단을 오르고
증명사진을 찍을까
오늘은 날이 궂어 그늘이 지자
웃는 얼굴이 더 잘 보였다

재인폭포

누군들 외줄을 타지 않겠나
지켜줄 사람 때문에
기꺼이 허공에 올라가지 않겠나

줄을 흔드는 건 바람이 아니지
재주도 없이 내기를 걸거나
남의 사람을 탐내는 자들

그들이 자른 건 자신이라네
추락으로 감당해야 할 죄
한 만 년 떨어져도 못 갚는다네

오늘도 폭포에 무지개 걸고
춤추며 건너가는 즐거운 광대를 보게
우리도 모두 줄 타는 재인이라네

침묵의 탑

시체를 독수리에게 주려고
상여를 끌고 온 가족들은
산 아래 식당에서 밥을 지어 먹는다
풀도 나지 않은 흙산 정상엔
텅 빈 성벽이 있고
그곳에서 망자와 이별한다
독수리들이 기다린다
죽음을 깨끗이 먹어치울 순간을
오른쪽 눈알부터 파먹으면
천국으로 가는 징조
조로아스터교 사제가 소식을 전한다
하얗게 남겨진 유골들
신의 땡볕에 소독된 일생들
이곳에선
우는 죽음은 없다

*침묵의 탑 이란의 야즈드에 있는 조로아스터교의 장례 터.

3부

지상의 방 한 칸

봄꽃

라면 사러 갔다
봄배추를 봤다
머리통만한 놈이
라면 두 봉지 값이라니
고향은 배추밭 천지다
어떻게 해먹을지는 몰라도
어떻게 키운지는 안다
비닐로 씌운 배추 한 포기
봄이 안뜰에 키운 꽃
내 식탁에 활짝 피었다

꽃 지갑

친구가 매화 보러 오라 해도
여유가 없어 못 가지만
마감할 원고가 있다 변명한다
천상병 시인처럼
천진하지도 못해
손도 못 내밀고
사진만 감상한다
글을 쓴다는 게
억지로 선택한 길도 아니고
그만둘 일도 없는데
어쩌자고 매화는 피었을까
환절기 감기에 명치가 묵직한데
빈 지갑에서 꽃 향내가 난다

무게

처음 감자를 샀다
삶아 한 끼 먹던 어린 시절
흔해서 싼 줄 알았는데
1원 단위까지 가격표가 붙는 슈퍼에서
100그램에 220원이었다
감자는 100그램씩 먹을 수 없다
어린 날 점심 때
투박한 소쿠리로 나오던 찐 감자는
몇 그램이었을까
몇 개 저울에 달아 산다
짐작보다도 감자는 비싸고
허기만 깊어진다
나는 지금껏 거저 살았다
봉지에 돌덩이라도 들었는지
무겁다

영수증

슈퍼에서 들고온 비닐 봉투
버리려고 보니
안에 영수증이 남아 있다

주소와 전화번호
라면 두부 과자 소주
전부 계산된다

이 봉투마저도
자기도 모를
몇 십 원의 가격이 있다

공기도 물도 바람도
사랑도 가족도 시도
가격표가 붙어 있다

내가 원치 않은
패배가 예정된 경기
속이 비면 수거될 뿐이다

월요 예배

월요일은 재활용품 버리는 날
일주일치 소비를
종이 상자에 담는다

세상에 이별은 없다고
버려지는 것도 없다고
밤새 소주 마시던 날들

돌이켜 보니
잊혀질 권리도
소멸하는 기쁨도 있더군

오늘은 신성한 월요일
재활용되지 않는 영혼이
재활용품을 바치는 시간

오래된 아파트

오래된 아파트 주차장은 지상에 있다 새벽이면 비었다가도 밤이면 가득 찬다 대부분의 시간은 햇볕을 받는 꽃들의 소유다 밟히고 깔려도 노랗게 파랗게 다시 피어난다 머리와 팔이 잘린 벚꽃나무도 태연히 꽃이 달렸다 오래된 아파트는 식물이 지배한다 까치도 들고양이도 잠시 머물 뿐이다 할 말이 남은 표정으로 네가 떠난 뒤 이 단지는 재개발 공고가 붙었지만 나는 떠나지 않는다 지하 1층은 뿌리를 키우는 어둠이 축축하고 수명이 짧은 나는 오래된 아파트 주차장처럼 비웠다 채울 뿐이다

지상의 방 한 칸
— 끄적당

떠도는 겨울밤이 길어
집 한 채 지었지
마당엔 파와 상추를 심고
마루엔 새끼 고양이
바람이 잘 통하는 책상에
묵은 원고 모아놓고
웃풍이 이마 식히는 동안
깊은 잠 자고 싶었지
살아 집 한 채 못 지은 자들은
술 한 잔에도 주춧돌을 놓고
말 한마디면 지붕까지 얹지
하룻밤 행복한 꿈
당호를 끄적당이라 올렸던가
망상이 길면
실망도 오래 가지
지상에 존재하지 않는 방 한 칸

고수

아무리 궁한 대마도
두 집만 내면 살지
길이 보이지 않는 중년
집도 절도 없이 떠도는 남편 때문에
우는 아내여
다 큰 아들 두 놈이
당신의 집이라네
바둑의 신도 잡지 못하는
당신이 고수라네

하수

바둑을 두면 안다
하수는 형세 판단이 약하다는 걸
포석은 벌써 끝났는데
불리한지 유리한지도 계산 못하는 삶
당장 먹고 살겠다고 집 지으려다가
대마가 공격당하고
지친 식솔들을 이끌고 유랑하는 신세
고수들은 안다
상대가 어디쯤에서 돌을 던질지
나만 모른다 기고만장해서
죽을 곳으로 몰리고 있다는 걸
살아보면 안다 세상은 넓어도
한 집도 없고
초읽기는 끝나간다는 걸

미카르디스

어느 바다에 숨어 있는가
미지의 섬 미카르디스
입속말로 불러보면
내 가장 깊은 곳까지 닿는다

정신없이 살던 어느 날
문득 돌아보면 사라진 사람들
모두 안녕하신가 그곳에서
나를 기다리고 있는가

끝을 뻔히 알면서
매일 시간이나 맞추는 말년
뭐가 그리 아쉬운지
매일 한 알 미카르디스

끊을래야 끊을 수 없는
혈관을 확장시키는 맹독
미카르디스 미카르디스
베링거 잉겔하임의 감시자

팔색조

여객선을 타고 새를 보러 오는
도시 여자들이
카메라를 반짝이는 주말
전날 장을 봐온 횟집이 문을 열고
해녀들은 좌판을 벌였다
동백 숲에서 팔손이나무 군락지까지
팔색조는 어디 있을까
먼 바다에 태풍이 일어
뱃시간이 당겨졌다고
이장은 계속 방송을 하고
이 섬에 오신 것을 환영한다는
현수막은 찢어질 듯 펄럭이는데
바퀴 달린 가방을 끌며
눈이 멍든 새댁이 부두로 간다

당신의 저주

그녀는 부적을 쓴다
자기를 기억도 못하는 사람들에게
급살을 날린다
제물은 아이들이다
수면제를 먹이고
목을 졸랐다
그녀는 죽지 않는다
결과를 확인해야 하니까
뉴스 보다가 혀 차는
당신은 모른다
저주는 진행 중이다
여기 저기 계속 추가 중이다
우리 세상은 망할 것이다

오래된 무덤

충주에서 2000년 된 무덤이 완벽하게 나왔단다
풍력발전소를 만들다가 우연히 발견했는데
청동 무기와 거울이 출토되어
지역 수장의 무덤으로 보이는데
당시 중부 지방에도 나라가 있었다는 증거란다
이 나라 땅 속에는 얼마나 많은 무덤이 숨어 있을까
어쩌면 우리가 밟고 있는 땅도 조상의 어깨인지 모른다
아니 지금 우리가 사는 세상도
어느 왕의 무덤 속이 아닐까
우리의 노동, 우리의 삶도
지배자의 위엄을 증거하려는 공사에 바쳐진 건 아닐까
문을 열면 밀어닥치는
눅눅한 공기와 재로 더럽혀진 공기는
누군가 열심히 감추려는
지하 작업장의 현실이 아닐까
사방을 장식한
저 아름다운 벽화들 정교한 부장품들 아래
허리 굽은 아파트 단지
우리는 대를 이어 일하다가
순장으로 끝나는 노예가 아닐까

추락의 법칙

— 회사에서 투신한 보험회사원을 생각함

한 사내가 떨어지고 있다
58살 먹은 사내가
다니던 보험회사 빌딩에서
고객의 밝은 미래를 보장한다는 회사에서
추락하고 있다
높이는 달라도
조금씩 현기증 느끼는 나이
떨어지는 건 우리도
시간 문제일 뿐이다
태어나면서부터 시작한 등반
오르는 법만 배웠다
한 살 더 먹을 때마다
몇 층인지 확인하면서
오르고 오르면
위는 허공뿐
6두품의 길은 끊어진다
영업실적 부진이 등을 밀어
한 사내가 떨어진다
사장실을 지나
회의실을 지나

아래로 아래로
돌아가고 있다

위조지폐

가짜 돈이라니 우습다
조폐공사에서 만드는 돈은 진짜인가
은행에서 찍히는 숫자는 현실인가
내겐 잠깐 머물다 가는 지폐가
진짜인 적은 있었을까
부실기업 정리한다고 정부는
한국은행에 돈을 더 찍으라 한다는데
내가 내는 세금으로 먹고 사는 정부는
손가락 하나 까딱 않는 기둥서방 같다
그럼 나는 이 시대의 건전한 국민일까
난 위조되지 않았을까
우리가 지갑 속에 고이 간직한 돈은
제공한 노동력만한
제 가치를 담고 있을까
저 돈이 가짜라니 우습다

가을비 내릴 때

종합병원 건너편에서 소주를 마신다
천둥 번개에 비 쏟아지는 밤
입원실 창마다 불빛 깜빡거린다
아픈 사람과 아플 사람들이
찾아올 구급차 기다리며 사는 세상
알코올은 응급조치일 뿐
우리의 병은 차도가 없다
계절은 겨울로 달리고
아이들은 기침하며 자란다
간신히 살아 결혼하고
또 아픈 아이들을 낳을 것이다
병실로 돌아가야 할 시간
안색이 파리한 간호사들 사이
의사는 보이지 않는다

함정

오랜만에 서울 가려
버스 정류장까지 서두르다
거미줄을 머리로 받았다
미안하다 거미야
네 일터를 망쳤구나
사람 찾으러 가던 길
접기로 한다 생각해보니
더 큰 거미줄 속으로 가는 중이었다
사방 정교한 함정들
하얗게 반짝인다

하지

낮과 밤이 같아지는 날이
내게도 올까

열두 시간 슬프면 그만큼
웃을 시간도 올까

기대만 하며 살기엔
너무 먹은 나이

땡볕에 지친 감자가 중얼거린다
그래도 조금 더 기다리겠니

4부

방랑시인

검은 나비

검은 나비 두 마리
종일 따라다닌다
도대체 어디 가자고
날개는 반만 펴고
눈앞을 막는다
오직 나만 보는 어둠
비문증
비밀스런 문으로 가는
두 번째 신분증
내 눈이 깊어지고 있다

시마

식구들 잠든 밤
식탁에 앉아 시 쓰면
누가 보고 있다
등이 서늘한 바람

한 줄 보탤 때마다
이마에 느껴지는 입김
어디서 왔는가
누가 보냈는가

절벽 같은 가난 앞에서
내일이 두렵지 않은 건
무심하거나
어리석기 때문만은 아니다

언제든 잡아가려는 자세로
노려보는 저 시마
한 구절이라도 어긋나면
지금 당장 위험하다

방랑시인

그들이 먼저 갔지
내가 떠난 적은 없네
돌아보면 아무도 없고
눈앞엔 벼랑들
이리저리 헤매인 건
길을 찾기 위해서였지
사방이 막힌 벽 앞에서
슬피 울고 있으면
사람들은 시를 쓴다 하더군
내가 부른 건 마음이지
글자가 아니라네
나를 찾지 마시게
지금은 실종이 행복하니까

슬픔 사용 설명서

벼랑에서 바다를 보면
섬들이 있지
절대 가라앉지 않는 슬픔이
마주보고 있지
바람이 불면 파도가 일듯이
겨울이 오면 동백이 피고
너는 또 이 섬으로 찾아왔네
하루에도 여러 번 몸을 던지는 기억들
잊혀지진 않아
사람의 기억이란 게
한번 진다고 사라지지도 않아
겨울을 견디는 먼 나무 붉은 열매처럼
새로운 섬으로 날려가겠지
가지를 뻗고 숲을 만들어
또 다른 슬픔을 마주보겠지
이 이치를 알았으니
이제 돌아가렴
그 자리에 설 다른 이가 오고 있단다

방문객

처음 찾아왔을 때
글을 배우기 전이었다
아침에 깼는데
엄마가 사라졌다

초등학교에 들어가서
또 왔다
깊은 강에 함께 빠졌는데
친구가 죽었다

최루탄과 휴교령 속에서
연애하기 바쁘던 젊은날
언제 다녀갔는지
아버지도 사라졌다

요즘 거울에 보인다
마주 보는 무표정한 사내
갈증으로 깨는 밤
귓전에 다른 숨소리가 들린다

그날

2009년 오월
나는 병실에 있었고
세상은 어두웠다
수액주사를 맞으며 졸다가
부엉이가 날아갔다고 하는 소리를 들었다
암 검사를 한다고
의사는 폐를 찔렀지만
구멍만 생겼다
산소호흡기를 하고
밤낮으로 병상에 갇혀 있자니
멀쩡한 사람도
검사하다 죽을 수 있을 듯했다
저 놈은 고생 좀 해야 해
숨어서 손가락질하는 사람들이 보이고
밀고자들은 문병 오지 않았다
종일 기침하는 환자들은
푸른 가래를 내뱉고
의사는 보이지 않았다
나는 끝없이 늘어선 줄에 서서
차례를 기다린다

누군가 뒤에서 수군거리고
사진을 찍었다
자 숨을 참으시고 기다리세요
2009년 5월
노무현이 죽고
저도 차례가 올 줄 모르는 사람들이
함부로 지껄이고 있었다

도형의 역사

어릴 때 잘못하면
아버지에게 맞고
선생님께 혼났다
모두 앞만 보고 직선으로 사느라
훈계는 생략하던 시절이었다

지금은 뭐든 돌려 말하는
곡선의 시대
납득하지 못하면
처벌도 없다

이제 게으른 날 후려갈기는 건
통풍뿐이다
한 잔의 술자리도
한번의 편식도 용납지 않는
매서운 체벌

아침에 일어나지도 못하고
엉금엉금 기면서
아버지와 선생님을 생각한다

사는 건 직선도 곡선도 아니다
그냥 원점일 뿐이다

붉은 감옥

하늘 찌르며
교회 서 있다
붉은 벽돌 벽이
감옥 같다
죄수복 입고
누가 갇혀 있는가
주말 면회객들이
영치금 들고 간다

천식

천산에 겨울이 오면
사슴들이 산을 내려오고
늑대도 따라오지
양을 지키는 유목민은
총을 들고 말을 달려야 한다네
온 세상 얼리는 달 뜨는 밤
전염병을 옮기기 전에
외투로 죽음을 감싸주는
늑대가 달려오네
기침이 떨어지지 않는 내게로
가까워진 듯
들끓던 숨이 편안해지네
마지막으로 크게 한번
달에게 울어보고픈
나도 한때 늑대였다네

내복을 입으며

친구들은 흩어지고
한밤에 전화할 데도 없다
봄이라는데 추워 깨는 아침
꿈도 생각나지 않고
여기가 어딘지 한참 생각한다
두 겹의 문으로 잠근 밖에는
비가 오는가 눈이 오는가
나는 금화도 없이 가라앉은 침몰선이다
백 년이 지나도 찾는 이 없고
밑창은 이미 뻘이 되었다
깨진 선창으로 보이는 건
아무거나 먹는 아귀들뿐
기사가 갑주를 입듯
주섬주섬 일어나 내복을 입는다
싸움은 아직 끝나지 않았고
나도 항복하지 않았다
어둠 속에 보일러 돌아가는 소리처럼
끝까지 거슬리는 소음으로 남겠다

치통시

왼쪽 위 어금니 속에 도시가 있다
14K 금으로 둘러싸인 하늘 아래
주민들은 집을 짓고 밭을 일군다
한밤이면
붉은 염증이 열리는 과수원은
언제나 풍성하고
돌보지 않아도 살이 부풀어 오르는 양들이
우당탕탕 뛰어논다
연중 축제가 열리는 치통시에서
한밤중이라고 스텝을 멈추는 건
수치스러운 일이다
머리 위엔 폭죽이 쉴 새 없이 터지고
와인과 은밀한 연애가 넘치는 치통시
이 질펀한 고통
그들은 내 불면을 걸치고 번성한다
행복하라 뜨거운 도시여
신경 위에 지은 성이여
고통이 그대를 축복하리니
어느 날 통째로 뽑혀
쓰레기통으로 던져진다 해도
존재하는 것은 아름다웠다

우산에게

오늘 한 잔 하자
젖은 오후
슬픈 볼모들끼리

더 부를 사람도 없는
일인용 지붕
일인용 고독

고국은 망하고
저들끼리 즐거운
가족은 잊은 지 오래

오늘밤 달 뜨면
감시탑 바라보며
오랑캐 춤이나 춰볼까

자전거 블루스

내 자전거는 다른 이의 창고에 있다
접히지 않는 자전거는 차에 싣기도 어렵고
가져와도 둘 데가 없다
운동한다는 핑계로
후배에게 뺐다시피 한 자전거지만
내 속에 멈춰 서 먼지에 지워져갈 뿐이다
두 개의 바퀴를 굴리는 일도 어려운 주제에
세상이 돌아가는 역사를 공부한 것도 우습지만
잘못된 일들이 눈앞에서 벌어져도
난 바퀴가 될 생각은 하지 못했다
바퀴를 굴리려는 엄두도 내지 못하고
늙어간다
지금 찾아오지 않으면
잃어버릴지도 모르는
내 자전거는 지금 다른 이의 창고에 있다

푸닥거리

시 앓는 무당 칼 물고
작두 탄다
꽹과리 쟁쟁 북소리 둥둥
계시는 언제나 애매해
춤으로나 보여주는데
발 아래 부정 타는 것들
제 욕심에 헛다리나 짚네
이제 칼산 오르면
돌아오지 않으니
법도 학문도 문학도
제 부끄러움 알 즈음 되면
그 점괘 다시 풀어보리

잘 못 온 부고

한밤중 전화로 모르는 사람의 부고가 떴다. 고인의 이름을 읽는다 모래처럼 씹히는 생소함. 서걱거리는 병명. 울어야 하는 사람들은 지금 검은 옷을 입을까. 아니면 투덜거리며 다시 잠들까. 죽음은 결국 찾아오는 채권추심업자. 저 이름에서 한 자만 바꿔도 옳은 부고가 되겠지. 어차피 달아난 잠, 답장을 보낸다. 삼가 조의를 표합니다. 기운 내시길.

휴가

방파제에 앉아 기다린다
제주를 통과한 태풍이
폭우와 해일을 몰고 온다 했다

전조처럼 몇 방울 날리는 비
밧줄에 묶인 배들이 휘청거리고
빈 병들이 굴러다닌다

여름내 지친 나는
여기까지 밀려오고
아무도 전화하지 않았다

낮은 숨을 뱉어내는
철강공장 굴뚝 아래로
비명을 지르며 달려가는 화물차들

깃발을 높이 들고
얼마나 많은 후회가 유령처럼
내게 밀려 왔던가

드디어 먹구름이 온다
먼 바다 쪽에서
흰 투구들이 반짝인다

어서 오라
오늘은 파도에 두들겨 맞아도
먼저 등을 돌리진 않겠다

휴가는 너무 길어
뭍에서 너를 잃어버리고
출항을 기다린다

호적

이란에 갔었지
히잡을 쓴 여자들이
푸른 눈으로 들여다보았지

양탄자가 길을 가린 시장에서
걸어도 걸어도 끝이 없고
나를 부르는 낯익은 목소리들

나는 콧수염 기르고
램프를 만들었을까
요정을 가두었을까

알라딘처럼
이렇게 먼 길 돌아온
빈털터리 신세라니

이란에 갔었지
페르시아에서도
나는 맨발로 걷고 있었지

또 하루 살아남은 지금은
천 일 중 몇 번째 밤일까
몇 번째 삶일까

객사

새벽 강 안개 일어
갈 길 보이지 않더군
꿈 많던 지난 밤은
흰 나비 가득 날리며 사라지고
가난한 길손 떠나야지
아궁이 불 지피기 전

빈 걸음 가볍구나

반짝이는 길

코끼리는 때가 되면
무리에서 떠난다지
평생 길 따라 걷던 발자욱이
폭포 너머로 사라진다지
황혼이 지친 몸을 적실 때
외마디 감탄사를 남기고
한번의 생을 마감하는
코끼리 뼈로 가득한 무덤
손바닥만한 제 영역이나 주장하는
작은 것들은 알 수 없지
잘들 있으렴
나는 볼장 다 봤으니
달빛에 반짝이는 길이 보이네

■ 발문

전윤호, 저절로 그렇게 되다

최돈선/ 시인

나는 전윤호 이 사람을 고등학교 때 가르쳤다. 당시 그는 키 크고 조용한 학생일 뿐이었다. 공부할 때 다른 학생보다 앉은키가 유난히 커서 내 눈엔 잘 띄었다. 하지만 어찌나 조용한지 그저 평범한 학생으로만 여겼다. 그러던 어느 날, 나는 작문시간에 시에 대한 공부를 마치고 학생들에게 숙제를 내주었다.

각자 시 한 편씩 써오거라.

각자 시 한 편씩 써오거라. 이 한 마디가 장차 전윤호의 미래를 결정지을 운명이 될 줄이야 어찌 알았겠는가.

시를 써오라면 대개의 학생들은 그 당시 유행하는 가사를 개사하여 그럴 듯하게 윤색하거나, 아니면 아예 인구에 회자되는 유명한 시인의 시를 베껴오거나, 아니면 감탄사를 남발

하는 영탄조의 시를 써오거나 했다.

그래도 그런 숙제를 낸 것은 나로선 의미 있는 일이라고 생각했다. 유행가를 윤색하든, 시인의 시를 베껴오든, 아니면 영탄조의 시를 써오든, 그 시간만큼은 시를 생각하고 남의 시를 필사함으로써 시에 접근할 수 있는 기회가 되기 때문이었다. 또한 자기 나름대로의 시를 애써 창작함으로써 뿌듯한 성취감을 누릴 수 있는 시간이 될 수도 있겠기 때문이었다.

그런데 한 학생의 시가 좀 이상했다.

글씨가 괴발개발한 것이 읽기에 매우 불편했다. 초등학교 저학년생도 이 정도는 아닐 것 같았다. 그럼에도 그 시가 내 마음을 사로잡았다. 지금 그 내용을 기억할 수 없다는 것이 매우 유감이다. 하지만 그때 나는 당혹했고, 놀라웠으며, 눈이 번쩍 뜨였었다는 것만은 기억한다.

혹시나 이 학생이 내가 모르는 어느 시인의 시를 베껴서 제출한 것은 아닐까 하는 의심이 들 정도였다.

나는 다음 작문시간에 그 학생을 교무실로 오라고 했다.

그가 교무실 문을 열고 허청거리며 왔다. 나는 대뜸 물었다.

이거 누구 거 베꼈니?

예?

이거 누구 거 베꼈냐구?

그 학생은 잠시 머뭇거리다 어눌하게 대답했다.

전윤호요.

그때 나는 조용히 대답하는 그 학생의 말을 잘못 들었다.

젖뉴노? 이 녀석이 나를 놀리나?

응? 젖뉴노란 시인이 있어? 하고 나는 또 다시 물었다.

그 학생은 나를 유심히 쳐다보며 머리를 갸웃했다.

예? 제 이름이 전윤혼데요?

이렇게 하여 나는 그와 만났다. 젖뉴노란 시인이 아니라 전윤호란 이름의 원석을 만난 것이다. 나는 속으로 쾌재를 불렀다. 그리고 즉시 그 학생을 문예부에 편입시켰다.

당시엔 두 분의 소설가와 시를 쓰는 내가 문예부를 지도할 때였다. 학년 초 문예부 선발은 선배 문예부 학생들이 뽑았다. 시험까지 볼 정도였다. 그때는 강원고 문예부가 각종 문예 행사를 휩쓸 때였다.

문예부 중에는 고등학생 신분으로 신춘문예 당선이나 유수한 문예지에 당선된 학생도 있었다. 지금 청와대 연설비서관으로 있는 신동호가 고3 때 강원일보 신춘문예 시에 당선했고, 시인 최준이 2학년 때 『월간문학』 시 부문에 당선했으나 학생 신분이 밝혀지자 너무 어리다하여 당선이 취소된 바 있다.

그러나 나는 전윤호의 시에 늘 주목했다. 언어를 다루는데 기교를 부리지 않았다. 평범하고 쉬웠으나 그럼에도 그의 시선은 남달랐다.

나는 전윤호가 대학에 국문과를 지원하려는 것을 사학과를 가라고 권유했다. 전윤호의 말로는 그때 강압적인 느낌을 받았었다고 나중에 내게 실토한 적이 있다.

내가 사학과를 가라고 권유한 이유가 딱 이랬다는 거였다.

문학을 하려면 역사를 알아야 한다.

모르긴 몰라도 최소한 굶지는 않을 거다.

얼마나 무책임한 권유였는지 모른다. 국문과든 사학과든 먹고 살기엔 그리 큰 도움이 되지 못하는 전공 과목이 아니던가.

그러나 전윤호는 동국대 사학과를 무사히 졸업하고 유수한 회사에 떡하니 취직했다는 소식을 풍문으로 들었다. 그 소식을 듣고 나는 기뻤다. 먹고 살 만큼은 되었구나. 어느 날 불쑥 전윤호는 멋진 새 자동차를 몰고 강촌의 내 집을 찾아왔다. 키 크고 예쁜 새색시와 더불어.

그 후 그는 한동안 소식이 묘연했다. 다니던 첫 번째 유수한 회사를 그만두고 출판사를 이리저리 전전하며 살고 있다는 소식을 귀동냥으로 듣곤 했다.

오래 묵은 장맛이 깊은 맛을 내는 법이다.

1991년 전윤호는 『현대문학』 추천으로 시인이 되더니, 1995년에 첫 시집을 내놨다. 그 제목이 『이제 아내는 날 사랑하지 않는다』였다. 대체 이런 제목의 시집이 다 있단 말인가?

이혼했나?

나는 그렇게 생각했다.

하지만 나는 전윤호의 시를 읽어보고 그 동안에 겪은 그의 신산辛酸한 삶의 궤적을 이해할 수 있었다.

> 이삿짐을 싸는 데 익숙해진 그녀는
>
> 내가 없어도

쉽게 떠날 준비를 끝낸다
내 몫으로 남겨진 가구나 이불들은
너무 낡거나 무거워서
버리고 가도 괜찮은 것들이다
필요하다면 가볍게
그녀는 기르던 개도 이웃에 준다
함께 산 지난 오 년 동안 기른 머리를
새로 이사한 동네에서 싹둑 자른 그녀는
요즘 취한 내 옆에서 자지 않고
슬그머니 부엌으로 빠져나와
주소를 쓰지 않은 편지를 쓴다
송곳니 빠진 날 무표정한 얼굴로
오래 살펴보면서
냉장고와 함께 밤을 새는 그녀는
낯설게 아름답다

— 첫 시집 「이제 아내는 날 사랑하지 않는다」 전문(문학세계사, 1995)

감정을 절제한 채 써내려간 이 시를 한참이나 들여다보며 나는 좀 슬펐다. 그리고 이 젊은 시인 부부의 삶이 그대로 환히 떠올랐다.

"냉장고와 함께 밤을 새는 그녀는/ 낯설게 아름답다"

참으로 '낯설게 아름답다'는 이 시 마지막 구절이 나를 오래도록 붙잡았다.

전윤호는 가난하게 살아도 여전히 아내를 그리워하고 있

음을 알았다. 겉으로 사랑이란 말을 하지는 않았지만 시인의 가슴속에 흐르는 내밀한 언어는 청신했다.

어쩌면 나는 그날 후회했는지 모른다. 그 후회의 감정 속에 이런 말들을 나는 되씹고 있었는지도 모른다.

전윤호가 나를 만나지 않았더라면, 아니 내가 숙제를 내주지만 않았더라면, 아니 아니 그를 문예부에 편입시키지만 않았더라면, 전윤호는 최소한 그럭저럭 알콩달콩 재미지게 세상을 살아갈 수 있었지 않았을까?

그러나 그것은 다 부질없는 일이었다. 전윤호가 가난하든 가난하지 않든 그는 시인이 될 수밖에 없었다.

그 어떤 비굴한 삶에도 타협하지 않는 시인의 자존이 그에겐 있다. 1990년대 시인들은 1980년대의 집단적 의식에서 벗어나 자신의 자아를 조용히 들여다보기 시작했다. 전윤호도 예외는 아니었다.

하지만 전윤호만큼 사소한 가족사를 심도 있게 천착한 시인을 나는 본 적이 없다.

전윤호의 시가 의미 있는 것은 그의 시를 읽으면 읽는 이로 하여금 저절로 쉽게 감정이입에 몰입할 수 있다는 데 있다. 간결함과 쉽다는 의미는 이해하기 힘든 은유나 상징을 벗어난 것이다. 평자들이 흔히 인용하는 바슐라르를 떠올리거나 어떤 거대한 담론을 인용할 필요도 없다.

그의 시는 수사修辭하지 않는다. 현란하지 않고 비비꼬지 않으며 우직하리 만큼 단순하고 직설적이다. 그러나 다 읽고 나면 그의 시가 결코 만만치 않음을 이내 알게 된다. 그의 시는 읽는 이에게 삶의 고달픔 속에서도 누구에게든 따뜻한 인정이 담긴 이야기를 듣게 한다. 그리고 곧 그것은 자신의 이야기임을 깨닫게 된다.

전윤호의 시집 『늦은 인사』 중에서 우리는 한 편의 아름다운 숨결을 만나게 된다. 그것은 시인이 구축한 삶의 구원이며 종교이다.

초파일 아침
절에 가자던 아내가 자고 있다
다른 식구들도 일 년에 한번은 가야 한다고
다그치던 아내가 자고 있다
엄마 깨워야지?
아이가 묻는다
아니 그냥 자게 하자
매일 출근하는 아내에게
오늘 하루 늦잠은 얼마나 아름다운 절이랴
나는 베개와 이불을 다독거려
아내의 잠을 고인다
고른 숨결로 깊은 잠에 빠진 적멸보궁
초파일 아침 나는
안방에 법당을 세우고
연등 같은 아이들과
꿈꾸는 설법을 듣는다

—「수면사睡眠寺」 전문. 시집 『늦은 인사』(실천문학, 2013)

이 절창은 이미 유명한 시가 되었다.

나는 이 시를 몇 번이고 외고 또 외웠다. 암송할 때마다 늘 새롭고 깊고 아득했다.

이토록 고요하고 이토록 능청맞게 처연할 수 있단 말인가. 고단한 아내의 잠을 담담히, 해탈한 듯이, 승화시킬 수 있단 말인가.

나는 죽었다 깨도 이러한 시를 쓸 수 없음에 탄식했다.

전윤호의 시는 그 어떤 해설도 필요치 않다. 그 어떤 난삽한 시어의 나열도 필요치 않다. 평소 사람이 쓰는, 사람의 평범한 언어를 사용했음에도, 우리는 그의 시를 통해 삶의 고결함을 깨우치게 된다.

전윤호 시인은 30년 동안 출판사 밥을 먹고 살았다. 중간엔 자신이 차린 출판사를 접고 빚더미에 앉게 되었다. 생활은 오로지 아내의 몫이 되었다.

그래서 전윤호는 유랑생활을 시작했다. 그의 메일 이름이 소요자逍遙者이듯이, 어쩌면 그는 장자의 소요유처럼 만리장천을 노니는 붕鵬이 되고 싶었던 것일지도 모른다. 그만큼 그의 유랑은 비록 고독했지만 결코 기죽지 않는 시인의 혼이 그에겐 담겨 있었다.

정선이나 강릉을 가다가
길을 잃고
안개 낀 재 하나 잘못 넘으면
도원읍에 닿습니다

핸드폰도 터지지 않고
라디오도 잡히지 않는 곳
석회암이 앙상한 두 개의 산 사이
수달이 어름치를 잡아먹는 강이 흐르고
읍내엔 일백오십 호 주민들이 삽니다
아이가 어른 같고
어른이 아이 같은 그곳에선
시간이 황종류석처럼 더디게 자라고
조폐공사에서 찍은 돈은 쓰이지 않습니다
주막에 가고 싶으면
산나물을 뜯어 오십시오
곤드레 딱주기 누리대를 구별할 줄 안다면
그곳에 살아도 됩니다
물레방아간에서
임호장네 맏며느리와 함께
당신은 행복할 것입니다
하지만 가난이 불편한 사람은
오래 머물지 말고
쓴 약수나 한 모금 마시고 나오십시오
재 하나만 넘으면 또 다른 마을들이 기다리고 있으니까요

—「도원 가는 길」 전문. 시집 『순수의 시대』(달아실 2017 재출간)

전윤호의 고향 정선에 가면 도원리가 있다. 그곳은 전윤호만의 무릉도원이다. 신선이 사는 도원도 아니요, 꿈꾸는 상

상의 마을도 아닌 실제의 마을이다. 그곳은, "아이가 어른 같고/ 어른이 아이 같은" 그런 곳이다. "그곳에선/ 시간이 황종류석처럼 더디게 자라고/ 조폐공사에서 찍은 돈은 쓰이지 않는" 곳이다. 그곳은 어떠한 고단함도 어떠한 부박한 삶도 다 받아들인다.

전윤호의 유랑은 바로 그 '도원을 가는 길'이다. 그러함에 그는 때로는 바닷가 빈 집에서, 때로는 산골짜기 허름한 우거에서, 때로는 대도시의 혼잡한 여관방에서 그는 시를 썼다. 시 속에 그 '도원'이 있기 때문이다. 그것이 그의 유일한 구원이자 희망이다.

그런 시의 삶 속에서 그는 스무 권이 넘는 어린이 역사서를 쓰기도 했다. 시는 밥벌이가 되지 않았지만 어린이 역사서는 밥벌이가 되었다. 그 돈으로 그는 틈틈이 두 아들의 학비를 보태곤 했다.

여담이지만 나는 그의 밥벌이 이야기를 듣고 웃었는데, 내가 전윤호에게 사학과를 가라고 했던 것이 어찌 보면 괜한 짓은 아니었구나 하고 나 스스로를 위안 삼은 적이 있다.

이제 전윤호의 시집 『봄날의 서재』에 대해 이야기하련다. 그의 떠돌이생활에서 끊임없이 쏟아져 나온 시를.

하루에 한 편, 어느 땐 두세 편을 썼다. 자다 깨면 소리가 왔고 그는 그 소리를 옮겨 적었다. 그냥 저절로 그렇게 되었다. 그 동안 쓴 300여 편의 시 중에 묶은 것이 이 시집이다.

1부는 '나에 대한 자아의 성찰'이 담겨 있다. "별 좋은 어느 봄날/ 내가 바싹 마르면/ 태우고 날아갈 것 같"은 자신을 발견한다. 작고한 아버지를 입원실에서 만나 이야기를 나누기도 하고, "나는 없다/ 참말로 나는 없다"고 자신을 부정하기도 한다. "오늘도 하루 빚진" 채무자가 되어 자신을 자책하기도 하고, "글 한 줄 못 건진 적자"를 한탄하기도 한다. 하지만 그는 쓴다.

그는 시를 쓰지만
보여주지 않는다
나도 몰래 읽는다

—「나만 아는 시인」 부분

나와 그는 동일체이다. 나는 그이고 그는 나이다. 전윤호의 자아는 그리하여 서로 소통하고 공유되는 자아이다. 하지만 그는 몰래 혼자서 그가 쓴 시를 읽는다. 비록,

존경받지 못하는 가장이고
대접받지 못하는 국민인 그가
시를 쓴다 생각하는 사람은 없다
그를 무시하는 사람들은 자신이
위대한 시인이라 여기기 때문이다

—「나만 아는 시인」 부분

라고 그는 자조하기도 하지만, 자신을 무시하는 시인들에 대하여 은근히 비꼬기를 마다하지 않는다.

2부는 절터 순례기인데, 부처가 제 몸 안에 있음을, 결국 도달해야 할 궁극이 바로 자신임을 깨닫는다.

여기 오는데
평생 걸렸다

—「불이문」 부분

고 한 시구처럼 시인은 자신이 걸어온 길을 되돌아보게 된다.

그리하여 "돌아보면 모든 말들이/ 다 헛소리였다"(「불이문」)고 실토하게 된다. 보원사지, 숭의전, 당신의 부도, 비진암, 서산마애삼존불은 보았으나 보지 않았고, 보지 않았으나 다 보았다고 말한다. 『반야심경』의 '색즉시공 공즉시색'이 바로 그러한 것인 듯이.

3부 지상의 방 한 칸에선 다시 지상의 현실로 복귀한다. 자신의 빈 지갑에서 서럽도록 꽃향내를 맡는다. 그래서 '꽃지갑'이다. "글을 쓴다는 게/ 억지로 선택한 길도 아니고/ 그만둘 일도 없는데/ 어쩌자고 매화는 피었을까" 하고 눈을 흘긴다. 화사한 봄은 시인을 그만큼 우울하게 한다.

그리하여 시인은 한 채의 집을, 그것도 상상의 집을 짓는다.

떠도는 겨울밤이 길어
집 한 채 지었지
마당엔 파와 상추를 심고
마루엔 새끼 고양이

바람이 잘 통하는 책상에
묵은 원고 모아놓고
웃풍이 이마 식히는 동안
깊은 잠 자고 싶었지
살아 집 한 채 못 지은 자들은
술 한 잔에도 주춧돌을 놓고
말 한마디면 지붕까지 얹지
하룻밤 행복한 꿈
당호를 끄적당이라 올렸던가
망상이 길면
실망도 오래 가지
지상에 존재하지 않는 방 한 칸

—「지상의 방 한 칸 —끄적당」 전문

끄적당. 하룻밤 행복한 꿈을 꿀 수 있는 집이다. 그 집은 '망상의 집일 수도, 그 집은 얼른 지어 얼른 허물 수 있는 집일 수도, 그 집은 그러므로 실망할 수도 있는, 지상에 존재하지 않는 집'이다.

마땅히 자신의 허한 몸을 누일 집이건만 현실에선 닿을 수 없는 집이다. 집은 전윤호 시인에겐 마지막 안식처요 구원의 터이며 귀의처이다. 끄적거리면서 짓고 지울 수밖에 없는 집이다.

자신이 거할 집 한 채 마련하지 못한 자책이 아내에 대한 미안함과 자식에 거는 기대가 함께 공존한다.

집도 절도 없이 떠도는 남편 때문에
우는 아내여
다 큰 아들 두 놈이
당신의 집이라네

—「고수」 부분

4부에선 방랑시인으로 떠도는 시인 자신의 유랑을 이야기 한다. 그 길은 "반짝이는 길"이다.

코끼리는 때가 되면
무리에서 떠난다지
평생 길 따라 걷던 발자욱이
폭포 너머로 사라진다지
황혼이 지친 몸을 적실 때
외마디 감탄사를 남기고

—「반짝이는 길」 부분

시인은 무엇을 예감하는 것일까. "한번의 생을 마감하는/ 코끼리 뼈로 가득한 무덤"을 생각하는 것일까.

"나는 볼장 다 봤으니/ 달빛에 반짝이는 길이 보인"다는 이 마지막 시구를 나는 오래 오래 들여다보았다. 병고와 유랑인의 행려가 코앞에 다가옴을 예견하는 것일까.

나는 이 시구를 읽고 나서 차라리 이 글을 쓰지 말았어야 했다고 나 스스로를 얼마나 자책했던가. 한창 나이인 젊은 시인의 영화 한 편이 나이 든 스승에게 어떤 메시지를 주는지 알기나 하는가?

이보게. 윤호. 개인적인 말이지만 자네에겐 남들이 범접 못할 진정하고 순정한 시가 있네. 자네의 시로 치유받고, 자네의 시로 삶을 고단함을 달래고, 함께 울고, 함께 웃는 사람들이 곁에 있음을 꼭 기억하게.

자네의 이 '황혼에 지친 몸을 적실 때'가 자네의 생에 긍정적인 삶의 지표가 될 것을 나는 믿네. 자네의 역설을 나는 이해하네.

자넨 나보다 여덟 살은 더 살길 바라네.

난 이제 30년의 생이 남았네. 내가 백 살은 살아야 하니, 자넨 108살을 살게. 그리하여 '108번뇌'란 시집 한 권 남기고 구만리장천 붕새로 훌훌 떠나시게.

현대시세계 시인선 084
봄날의 서재

지은이_ 전윤호
펴낸이_ 조현석
기　획_ 백인덕, 고영, 박후기
펴낸곳_ 북인
디자인_ 김왕기

1판 1쇄_ 2017년 12월 30일
출판등록번호_ 313 - 2004 - 000111
주소_ 121 - 842 서울 마포구 서교동 467 - 4, 301호
전화_ 02 - 323 - 7767
팩스_ 02 - 323 - 7845

ISBN 979-11-87413-84-4　03810

책값은 뒤표지에 있습니다.
저자와 협의 아래 인지를 생략합니다.